CONEXÕES
POÉTICAS

organização:
Lura Editorial

CONEXÕES POÉTICAS

antologia

Diretor
Roger Conovalov

Gerente Editorial
Aline Assone Conovalov

Gerente Comercial
Eduardo Carvalho

Coordenador Editorial
André Barbosa

Coordenadora de Revisão
Stephanie C. Rodrigues

Revisão
Gabriela Peres
Hanne Krempi

Capa e projeto gráfico
Lura Editorial

Diagramação
Diego S. Bernard

Dados Internacionais de Catalogação na Publicação (CIP)
(Câmara Brasileira do Livro, SP, Brasil)

Conexões Poéticas - Antologia / organização Lura Editorial. -- 1.ed.
-- São Caetano do Sul-SP : Lura Editorial, 2025.

104 p. - 14 x 21 cm

Vários autores
ISBN 978-65-5478-264-7

1. Antologia 2. Poesia I. Editorial, Lura.

CDD: B869.6

Índice para catálogo sistemático
I. Antologia. II. Poesias : Literatura brasileira

[2025]
Lura Editorial
Alameda Terracota, 215. Sala 905, Cerâmica
09531-190 – São Caetano do Sul – SP – Brasil
www.luraeditorial.com.br

A poesia é a ponte silenciosa que
cria conexões entre almas distantes
por meio de sentimentos que não
precisam de explicação.

SUMÁRIO

PODE PARECER TARDE...

ADRYAN MACIEL

Quando eu quis, você não estava disponível
Eu tive que me virar sozinho
Com tudo o que eu estava sentindo

Passei noites sem dormir
E o tempo não passava...
a solidão me abraçava

Tudo estava vazio
Ali... Naquele lugar de espera,
Aguardando você, para eu saber o que fazer

Mas o tempo passou... va – ga – ro – sa – men – te
E a tempestade em meu peito
virou brisa de saudades

E os sentimentos organizaram-se
No âmago da minha alma,
deixando tudo evidente

Ficar não era mais opção

Então resolvi partir.
E seguir em frente,
mesmo te amando...
tive que me olhar carinhosamente

E mesmo que pareça tarde,
Resolvi ser por mim
Estar em mim
Amar só a mim.

O RIO QUE SUMIU

ALEXANDRE BLACK

O rio Capibaribe percorria o Recife.
Brincávamos em suas margens.
Entre casas e mangues suas enchentes ameaçavam a todos.
Suas águas traziam alegria e destruição.
Um dia surgiu o primeiro monstro.
O concreto lhe dava formas modernas e de mau gosto.
Parecia tentar tocar desesperadamente o céu
Fora posto entre favelas e pontes centenárias.
...e mais um, e mais um, e mais um...
Hoje, milhares se erguem enquanto o Capibaribe foi domado.
Parece uma rua coberta de óleo.
Não há mais enchentes.
O Recife foi permanentemente submerso em concreto.

COMO AS ONDAS DO MAR

ANA CORDEIRO

Eu sou aquela que fica a imaginar,
Como o vaivém das ondas do mar
Eu vou e volto a buscar,
Sabe-se lá o que posso encontrar.

Como as ondas, num dançar sutil
Num movimento constante de ir e vir,
Incessante dentro de mim,
Me acho sempre a buscar algo novo...

Sabe-se lá o que vou desvendar,
Como o mar posso me transformar
No prateado brilho a clarear,
O dia refletido no lençol do mar.

Mas posso ser também o vento,
Que acaricia tuas águas num lento
Toque de ternura, sem direção,
Talvez, buscando refúgio ou até redenção.

Entre o sol e as sombras a vagar,
Provoco miragens no teu olhar,
Que, por instantes, sem piedade,
Me afastam de tão frugal realidade...

PRAZERES

ANDREY NORBERTO

Onde prazer predomina
E materialismo denomina
Ora heroína, ora cocaína,
Metanfetamina que discrimina
Pelo seu próprio afastamento
União entre ilusão e sofrimento,
Trazendo descontentamento
De quem te viu crescendo
Contudo, com o tempo,
Ela te corrói por dentro,
Trazendo alucinações, tormento
Mais um pobre solitário detento
O integrante é o fato de serem inteligentes,
Porém, não eficientes
Sabedoria não é algo da mente.

SONHO QUE ME SONHOU

ANTONIO CARLOS RODRIGUES MARQUES

Sonho que me sonhou
quando me encantou...

Era eu que o sonhava
ou era ele
que me encantava?

Ele me sonhou,
sonho meu,
meu Romeu,

quando me queria
doação de poesia...

Embalou-me quando me acordei
e, desde então,
solfejo este piano em minha mão...

TIC-TAC

BIA VILAR

A mente oscila, o coração fervilha. Não ouço risos, não sinto lágrimas.

Estou entregue à apatia. Deixo que a neutralidade me abrace.

O tempo não se dá conta do quanto ele restaura.

Tic-tac, tic-tac. Mais alguns tics-tacs, enquanto me refaço.

Mais alguns instantes para os silêncios se preencherem de verdades.

Mais alguns tics-tacs, alguns intervalos e alguns vazios,

a mente precisa dessas frações de espaço para o coração entrar em compasso. Suspiro, suplico, respiro. Antes do próximo tic-tac.

Sem fins, sem continuidades, uma breve pausa, uma breve pausa,

uma presença ausência, nas entranhas do passado.

Presa nas profundezas do presente, buscando clareza no confinamento.

De tic-tac em tic-tac, acompanhando o passar do tempo tic-tac,

E lá se foi tal sentimento

Tic-tac, tic-tac, tic-tac.

FEIÇÃO

CAETANO PEREIRA

Na tua feição
Traço indefinido
Marcas sob a pele
Semblante velado
            mas se permite falhar

Nos ouvidos cadência
Cântico de morte
Entreouvida
Nada que conforte
            mas se deixa levar

Nos lábios viço
Sentenças dizem
Orações emanam
Nunca desdizem
            mas se deixa afogar

No olhar hiato
Amores antes vistos
Um guia trágico
De imprevistos
            mas se permite amar.

O QUE É O AMOR?

CECÍLIA LINHARES

Amar é ter um suspirar profundo,
Tão profundo que acelera o coração,
Faz os olhos arregalarem, a pele arrepiar,
As mãos transpirarem, a boca estremecer,
A razão enlouquecer, o corpo todo descontrolar.

Amar é travar consigo uma batalha,
É se desconsertar,
É se perder para se encontrar,
É se desencaixotar para se encaixar,
É relutar com um turbilhão de sentimentos.

Amar é desabrochar para a vida,
É deixar-se permitir,
Para o amor florir,
Para a vida colorir,
E para a vida sorrir...

A BELEZA

CHAGAS LUZ

No brilho do mar e na dança do vento
Raia a beleza em sua forma singular
Maciez que encanta e acende sentimento
Essência penetrante para amar
Poesia que habita em cada movimento
Eutimia dos buquês nos galhos a voar
É harmonia de cores no céu flóreo
Graça de borboleta em adornar ebóreo

É verso que evolui em cada minúcia
Pureza que flui de raios no florir
Simetria fascinante igual pelúcia
Alma e corpo reluzem sem confundir
É compaixão, é pompa, é argúcia
Romantismo perfeito a difundir
Olhar sedutor no eclodir da flor
Charme estonteante do autêntico amor.

ALA MENTARES

CRIS FAUSTINO

Fogo de atiçar latências
Acender em chamas as urgências
Satisfazendo as existências.
Água de banhar por dentro
Transformar mágoa em unguento
Para desafogar lamento.
Ar de não implodir
Imaginar o que estar por vir
No assombro de existir.
Terra de poder pisar
Mesmo com contas a pagar
Sentir que dá para voar.

MAIS UM ROUND

DANIEL COSTA

Na minha infância sonhei
Estar no ringue lutando
Mas a tal sobrevivência
Fez meu sonho ir mudando

Treinava em minha casa
Sozinho, com saco de areia
Imaginando estar pronto
No ringue, com a casa cheia

E a emoção tomava conta
Gancho, jab, direto e cruzado
Ouvia da plateia os aplausos
E meu nome sendo gritado

Ah, como eu queria ser
Miguel, Eder, Maguila
E outros além do daqui
Cujos balés jamais vi

Em outros ringues atuei
Com dignidade fui vencendo
De forma justa e perfeita
Minha história escrevendo

Rendo esta homenagem
Neste momento de comoção
Ao nosso guerreiro Maguila
Ao qual entrego o cinturão.

DESCOBERTA

DEISEANE GONÇALVES

Quero desvendar
Esse labirinto que é você
Percorrer cada curva
Sentir o teu calor
Adentrar em sua alma
Me aconchegar em seus braços
Admirar os lábios
Que me dizem ternuras
Quero caminhar
Cada passo ao seu lado
Segurar suas mãos
Ter a coragem de dizer
O quanto amo
Sem medo de mostrar
As minhas dores
Revelar toda beleza escondida
Nesse longo caminho
O qual eu chamo de
Vida...

POEMA PARA FERNANDO PESSOA

DENISE GUARANHA

Era uma vez... Uma bela narrativa que aos leitores cativa,
Que só fala de amor e não rima com dor.
Um jogo de xadrez.
Era uma vez... Um príncipe encantado e um cavalo alado,
Num reino do além, em formoso palafrém,
Um galope fez.
Era uma vez... Uma princesa do monte, esperando na fonte
E cantando um romance, sob o sol em nuance,
Com lívida tez.
Era uma vez... Um encontro do destino, o sol brilhando a pino.
O príncipe no cavalo. A princesa de resvalo.
Olhar, timidez.
Era uma vez... Um encontro bem marcado, formosura e principado.
Olham-se bem com ternura, miram-se na noite escura.
Pouca nitidez.
Era uma vez... Dois corações num só golpe... de sorte!
A alma cheia de festa. Amor estampado na testa.
Um conto chinês.
Era uma vez... Conto de fadas, os dois pela estrada,
Principado e formosura, tanto amor e belezura...
Foi a última vez.

ME APAIXONEI

DOM VALENTIM

Me apaixonei
Por teus carinhos a furto nesse tempo triste solitário
Onde creio religiosamente absoluto

Me apaixonei
Sem tempo de retrocesso
Onde dois mundos diferentes nos separam; às vezes em distantes decessos

Então me pus sem tardia esperar com choro reprimido de moio
Num esforço diário pras lágrimas não rolarem

Talvez seja um pouco cedo
E minha alma em tristeza alheia
A guarde em sede, ardente segredo.

UM CADAFALSO SOB MEDIDA

EDUARDO WORSCHECH

Alguém abriu a porta
Para nunca mais entrar
Mas por sobre as frestas
A brisa tomou conta

Colérico foi o destino
A todo aquele amante do sufoco
Que criado esvaziado
Assim permaneceu

De insônia que consome
Insuspeito assim viveu
Pois cada mal que se fazia
Uma vertigem o consumia

E foi dessa maneira
Que ele sobreviveu
De perdas sem ganhos
Que tudo desfaleceu

ESPERANÇA

ELENICE LIRA

Viver é um ato de esperança
Acordar pela manhã e abrir a janela
Receber a luz do sol
Para ver a vida de forma mais bela.
Sair em busca de realizar sonhos
Para deixar de ser tristonho
Para enfrentar os medos
Mesmo que na alma guardemos segredos.
Viver é um ato de esperança
Mesmo com lutas internas
Enfrentar com coragem
As lutas externas.
Mover-se em direção ao outro
Superar a insegurança
Para no encontro de sorrisos
Renovar a esperança.
Viver é um ato de esperança...
Dentro de nós há uma vida latente
Precisamos, apesar de tudo,
Viver de forma contente
Liberar de dentro da gente
Nossa eterna criança,
Vívida e cheia de esperança.

HAICAIS

ELIOMAR CASAGRANDE

Devagar vagueio.
Divagando vivo a vida
em vago devaneio.

A mente se perde no mundo

Eu ontem reagi,
ao menos tentei viver,
voltei, desisti.

A procrastinação é uma arte desumana.

Cigana me apartou no caminho,
ensejava tirar a minha sorte,
tenho pouca, saí de fininho.

Exoterismo a céu aberto.

QUANDO PASSAR

ÉSIO LUIZ AsYou

Disse que iria à praia
Ver o mar
Ouvir a onda rolar
Deitar à sombra, sentir o sol
Pisar a areia, ver o arrebol
Esperava apenas a tristeza passar.
Disse que às vezes ensaia
Apreciar uma festa
Ouvir uma seresta
Cantar canções
Nas quatro estações
Só esperava a tristeza passar.
Prometeu-se ir para a rua
Curtir a lua
Colher a uva
Molhar de chuva.
Depois passasse
Tomaria o vinho
A dançar sozinho
Desenhar com giz
E ser feliz.
Tudo passa
Então tristeza passa
E tudo passou:
A estação
A canção
Com sutileza,
Até tristeza...
Amém!
Mas ele passou também.

O VERMELHO DE VÁRIAS ESCOLHAS

FÁBIO DA SILVA SOUSA

O vermelho de uma escolha
(amor e política, política e rancor)
O olhar cansado, sem ver
só querendo descanso, sonho e viver

O lenço rosa que apresenta
representa, ascendência, descendência
Tudo encoberto, entupido
Entropia de escolhas e fuga de dias

Buuuuummmmmmmmmm!!!!!
O vermelho da ESCOLHA
POLÍTICA, TESÃO, AMOR E REBELDIA
o símbolo na mão
O ROSA da (r)existência
De toda forma de amor
e de luta, de escolhas
e de vivências

E o símbolo na nuca
do proibido, do aceito, do escondido
vermelho, rosa, azul, verde
Gritos, sussurros, desejos
Vivências de uma vida cansada
de músicas inacabadas
e de livros sem pontos finais

O TEMPO E AS SUAS AUSÊNCIAS

FABRÍCIO RIBEIRO

Não vou negar
que 1.536 dias
não apagaram a dor
que sua ausência deixou,
essa dor que muitos chamam de saudade.

Ainda me pego
procurando o seu sorriso apaixonante
nos corredores da memória,
tentando reviver
aqueles instantes em que meu mundo era feliz
pelo simples fato de você nele existir.

E, às vezes,
me vem você –
você e seus cabelos ruivos,
como se o tempo fosse só mais um detalhe,
como se a dor da sua ausência nunca tivesse existido.

Mas tudo mudou.
E, mesmo com o tempo passando,
algumas ausências não passam.
Elas apenas se acomodam
num canto da alma
e fazem morada.

DETALHES

FERNANDA ROSENDO

Detalhes teus já fazem parte de mim
Impregna-me teu cheiro suave
Tua sutileza é arte
Você chega de mansinho
Com seus adoráveis olhinhos
Demostra a beleza de amar nos teus detalhes
"O segredo está nos detalhes"
Eu declamo e respiro poemas de amor
Eu te quero, de detalhe em detalhe

REENCONTRO DE ALMAS

FERNANDA ALLENCAR

Os melhores dos encontros são assim, triviais, a cada essência da vida, é viver em meio às alegrias, decerto como o alegrar que aquece a chama, ao incendiar o que está aceso no nosso coração.

Uma vez que os dissabores guardados dentro de nós são límpidos, ao ver o marasmo de lágrimas dentro dos olhos, bem como a saudade que nos confronta dia após dia. Entretanto, as dores da áurea são em seu pranto a solidão que fermenta as tristezas no esmero sofrimento advindo de um ciclo especial ao ser manancial, querendo o encontrar-te.

Todavia, o reencontrar-te de novo alimenta-te a esperança em cada existência, num tempo nobre ao transcorrer na doce bonança dos dias que vão e vêm.

Pois o seu plumo efervescente transcorre a cada alma ao reencontrar-te em meio aos novos tempos que chegam, já que o universo conspira para serem os mais belos dos reencontros, um meio a ser a uma única alma a reencontrar-te ao andar por aí.

VOZ

FERNANDO DOMITH DE PAULA OLIVEIRA

se minha raiva tivesse voz,
metade do mundo silenciaria
para ouvir sua crueldade sábia,
a outra metade rezaria,
pedindo para nunca mais escutá-la.
se minha raiva tivesse voz,
todos se afastariam,
surpresos com sua verdade.
ela não gritaria nem sussurraria,
falaria calmamente
aos que ousassem escutá-la.
seria honesta?
refletiria o que vejo
toda manhã no espelho?
se minha voz tivesse raiva,
você notaria?
ou me tomaria por cordeiro,
mais um fingidor?
e se eu mostrasse a você,
minha raiva, minha voz,
meu teatro em ruínas,
você pararia para ouvir?
ou escolheria a apatia
que ofereço diariamente?

CAMISA USADA

GEILSO AMBROSIO

O tempo passa
E passa por cima da vida
Por isso me amarroto
Me desdobro para ser usado
Viver é ser desgastado

Quero ir parar num brechó
Viver sem dó
Remendar meu tecido pele
Com linhas de vivências
Mesmo que a fina agulha
Cause a dor do transpassar
Aceito ir em toda esquina
Ser o traje da padaria

Só não aceito ficar guardado
Num cabide empoeirado
Esperando o jantar à luz de velas
Ou a meia-noite da virada
Por isso me queimo
Me rasgo
Vivo
Mas não me passo

ASAS DE MULHER, CÉUS DE LIBERDADE

GICELI GUIMARAES FLEMING

No voo livre, dança a mulher madura com o vento.
Liberdade pulsa em suas veias como luz solar quente.
Mulher harpia rasga o céu com asas de coragem.
Satisfação mora em sua pele, em seu riso aberto.
Sensibilidade guia seus passos, suaves como brisa.
Na imensidão, encontra a alegria de viver inteira.
Solitude não é ausência, mas presença em paz.
Mulher alada, em pleno florescer da vida serena.
Há anjos e fadas na trilha que ela trilha.
Com leveza, acolhe o tempo e o próprio reflexo.
Felicidade divina toca seu peito em silêncio claro.
As nuvens sussurram memórias doces do céu azul.
Ela voa sem amarras, sem medo da queda.
Cada voo é canto, cada curva, poesia pura.
A mulher madura planta sonhos na correnteza do ar.
Seu voo livre é arte, é reza, é afirmação.
O sol beija sua pele com bênção dourada.
Sente no corpo o poder de ser inteira.
No alto, ela se encontra e se celebra.
Entre asas abertas e céus profundos, ela floresce.
É pássaro e estrela, é raiz e infinito.
Seu rastro de luz inspira novos voos femininos.
A cada decolagem, nasce outra versão de si.

DO LUTO AO VOO LIVRE: MEU RENASCIMENTO

GICELI GUIMARAES FLEMING

No silêncio da perda, minha alma se partiu.
O vento calava a dor que o peito sentiu.
As memórias pesavam mais que o próprio ar.
Tudo era escuro, impossível querer levantar.
Mas então vi asas cortando o céu azul.
Um voo solitário, livre, sem medo ou sul.
Ali encontrei um sussurro da esperança viva.
O luto virou sopro, a dor já não cativa.
Calcei o céu nos pés, vesti a amplidão.
Meu corpo leve flutuava sobre a imensidão.
A lágrima virou brisa, o pranto, liberdade.
Na térmica do tempo, reencontrei minha verdade.
Entre anjos e nuvens, descobri meu lugar.
A dor virou asa, o amor quis voar.
Cada termal era um passo na superação.
O vazio virou céu, luz, transformação.
Renasci no silêncio entre o céu e o chão.
O luto virou voo, e eu, superação.

A ESCRITA

GLÍCIA POEMAGO

Às vezes vejo a frase envolta
Pela lava que espalha
Ou a letra que corre solta
Por um fio de navalha
Manchando o papel com o texto
Em algo que lhe equivalha
Em tudo que é o seu contexto
Na palavra que trabalha
O fluxo que vai brotando
A princípio incoerente
Pouco a pouco vai formando
O início da corrente
Em cada elo que junta
Rompe o tudo que sente
Misturando sem pergunta
O coração com a mente
É preciso expressar
Seja qual a forma que tenha
É necessário entregar
E é necessário que venha
Com a escrita se aprende
Que toda a magia que volta
Mora na letra que prende
E sai na palavra que solta

BORBOLETA

GLÍCIA POEMAGO

Vá. Não tenha medo de nada
Prossiga em sua longa estrada
Tenha certeza em seu caminhar
Que todo ir já é todo chegar
Tanto estar mal quanto estar bem
Ficar sozinho ou ficar com alguém
Preparam você para estar consigo
E se tornar o seu melhor amigo
A pessoa com quem mais pode contar
É a que você é e a que vai se tornar
Do casulo um certo dia vai sair
A borboleta que então pronta vai surgir
Mais que o tempo que esse voo vai durar
O que importa é a beleza do voar
Do que um dia o impedia de sair
Surge livre para ficar e para partir

O RETORNO DO INDÍGENA

GLORIA LUNA

Voltei, com os olhos cansados de paisagens áridas,
lábios sedentos de águas cristalinas, nostalgia na alma.
Eu não conhecia a agitação que as cidades respiram,
lotação de gente, fome, ansiedade, prazos vencidos,
insegurança, talões de cheques vermelhos, bolsos vazios.

A civilização me arrancou da selva como peça de serraria,
igual madeira de espécie exótica que foi incorporada à cidade.
Aprendi que o pão é suado, ganho em horário fixo,
que a moeda compra tudo, comida, roupas, consciências,
as leis não são respeitadas, honras são roubadas, existe dor,
vidas são interrompidas, há ódio, egoísmo, preconceito,
traições, injustiças, mentiras, diferenças de classes sociais.

Na selva tudo é diferente. A natureza reina em esplendor,
o ar é puro, sereno, há tranquilidade, alegria, paz, harmonia.
Imensas árvores e plantas em abundância nos dão o sustento,
o concerto sinfônico dos pássaros ilumina e alegra a paisagem,
as escamas prateadas em presente generoso dançam na água,
feras brincam livremente, nascem lindas flores, borboletas voam,
sob o sol brilhante e a chuva, germinam sementes prodigiosas,
convivemos com os animais, nadamos em rios, lagos, cachoeiras.

Cheguei à minha terra, sua beleza, encanto, exuberância.
Selva, retornei! Estou feliz em seu entorno novamente.
Vou trocar o incômodo e apertado vestido que me cobre
Pela bonita e confortável cusma[1] que eu uso desde criança.

---

1 Cusma: veste tradicional de alguns povos indígenas da região amazônica, geralmente feita de algodão ou fibras naturais. Leve e confortável, é usada tanto no cotidiano quanto em contextos cerimoniais, simbolizando identidade cultural e ligação com as raízes ancestrais.

DEVANEIOS

GUILHERME BEZERRA DA SILVA

Gosto de morar nos abraços
De pertencer aos sorrisos
Dos encontros com saudade
Dos te amo que são recíprocos

Viver as dores e os delírios
Dos amores, dos amigos
Das dúvidas que machucam
Para sentir que estou vivo

Dos dias que são eternos
E os que passam em um instante
De sentir o amor fraterno
E do coração ofegante

De olhar o mar e lembrar
Dos que já estão distantes
De saber que a vida é eterna
E nada será como antes

PRATO CHEIO

GUSTAVO SIMAS

eu não sei
quais são os teus códigos, as tuas condições
não sei teus receios, as tuas intenções
eu não sei quais são os meios
que te levam a tal lugar
longe, longe da possibilidade
de se comunicar
eu não sei
quais estruturas, quais cômodos, recintos
que constroem tua casa
teu jardim, teu labirinto
eu não sei quais são os freios
que te deixam onde está
longe, longe de qualquer
possível espaço de tentar
eu não sei
tantos detalhes
de todas tuas tatuagens
que expressam no teu corpo
tua história-paisagem
eu não sei quais os temperos
poderiam completar
este prato cheio que talvez
nunca mais vamos provar

QUANDO VOCÊ LER

HELENA PEREIRA

Quando você ler, saberá que é para você
Mesmo que o tempo tenha insistido no esquecer
Não tivemos tempo, só crepúsculo encantado
Onde o nosso amor foi eternamente selado

Meu peito abriga cartas que nunca escrevi
Palavras que calaram e abraços que não vivi
E seu nome é meu verso muito bem escondido
Na minha pele para jamais ser esquecido

Vivemos no mundo de muros e mares
De vida líquida e muitos amores
E é tua ausência a presença que dói
A cada lembrança que o tempo corrói

É só distância e um sentir profundo
É um amor que atravessa o mundo
E se, ao ler, por acaso, chorar
Quero que saiba que vou para sempre te amar

FINAL INCOMPLETO

HELOÍSA RAMOS

Eu ainda penso em nós
Em tudo que poderíamos ter sido
Não te dei a chance
De me mostrar um novo caminho
Uma relação que nem sequer foi iniciada
Talvez poderia ter dado certo
Poderia tornar-se um clichê
Mas deixei de lado o final feliz
Optei pela segurança do chão
Soltei sem pensar a sua mão
Depois veio o arrependimento
Mas já era tarde
Me encontro presa nessa falsa liberdade
Preferiria ter arriscado
Queria voltar no tempo
E o meu coração ter te entregado
Poesia sem sentido
Lápis que não quer colorir
Me sinto exatamente assim
No cantinho da casa
Olhando pela janela
Imaginando as recordações que poderíamos ter criado
Ainda me culpo
Por não ter escolhido continuar ao seu lado

BREVE POEMA (V)

HUDSON ROMÉRIO

são águas!
águas, águas... salgadas, doces, amargas, salobras, ácidas, insossas, potáveis
tudo está lá: inundações, monções, alagamentos, desmoronamentos
afogamentos, diásporas... águas passadas
e depois, seca!
terra seca, leito seco
mata ciliar, mata virgem, mata morta
terra arrasada.
terra
sede
água.
(pingo d'água, gota d'água, copo d'água, lágrima...)
chuva, sereno, neve, geada, suor...
palavra, digerida, engolida, bebida
água de pote, água da vida, aguardente
quero um gole de água
água benta
água pura
água suja

O RENASCER

INDY. S.

Se queres me levar ao recinto brutal e hostil,
Deixe-me aqui em busca do meu sol

Nada adianta sair por aí,
Quando em penumbras estarão lá,
Pensando
Em desejos egoístas
E medos profundos
Deste cosmo álgido,
Onde no fundo estamos (quase) sozinhos

Busque o amanhã
Além do horizonte
Perca-se sem aflição
Não há sim, não há não

Quem é você?
O que eu sou?
Em um mundo em que nada mais vem do coração

Com licença;
Perdão.
Saiba tão somente nesta lição:
Dentre epílogos renascerá o começo

DESEJO ARDENTE

IZA MARINS

É chama que dança no peito fechado,
É febre que cresce num beijo roubado.
É pele que grita sem nada dizer,
É o corpo pedindo pra te acontecer.

Desejo Ardente, sem hora, sem dono,
É sonho molhado, é toque sem sono.
É o calor que sobe, a respiração presa,
É tua presença virando certeza.

É olhar que despede toda inocência,
É o gosto da pele, é pura essência.
É o roçar dos mundos em combustão,
É o sim que explode em cada negação.

Não é só desejo, é fome de alma,
É perder o controle, é perder a calma,
É querer teu cheiro grudado em mim,
Como se o tempo não tivesse fim.

Desejo Ardente, fogo sem pudor,
Não é só prazer – é quase amor.
É querer-te agora, sem mais esperar,
É viver-te inteiro, até queimar.

ENCANTO DE LUA E FLOR

IZA MARINS

À meia-noite, quando o vento cala,
A Lua desperta e o mundo embala.
Surge no céu com o brilho ancestral,
Feiticeira dos céus, rainha celestial.

No ventre da Terra, uma Flor desperta,
Em meio ao silêncio, a alma aberta.
Sente no orvalho o toque encantado,
Da Lua distante, seu par sagrado.

A Luz prateada desce em espiral,
Trazendo segredos do plano astral,
A Flor se curva em reverência e cor,
Sentindo no caule um sussurro de amor.

"Filha do chão", diz a Lua em feitiço,
"Carregas em ti o eterno início.
Tua raiz é reza, tua pétala é prece,
E no teu perfume o mistério acontece."

A Flor responde em aroma e calor,
Num gesto singelo, mas cheio de ardor:
"Ó mãe dos ciclos, guardiã da maré,
És espelho do céu e da mulher."

E assim, na dança do oculto saber,
Lua e Flor voltam a se reconhecer.
Unidas em luz, raiz e magia,
Tecem silêncios que o mundo irradia.

O ENCONTRO DA NOITE E DO DIA

IZA MARINS

A Noite caminha com manto escuro,
Silente e serena, de olhar tão puro.
Traz sonhos, mistérios e estrelas no véu,
Dançando em silêncio sob o céu.

O Dia desperta com luz dourada,
Pintando o mundo em alvorada.
Traz vida, calor, sementes no chão,
E um canto de sol no coração.

São opostos que nunca se tocam no fim,
Mas vivem num ciclo eterno, sem fim.
Quando um parte, o outro aparece,
Num pacto sagrado que o tempo tece.

Mas há um momento, fugaz, encantado,
Em que se encontram, céu alaranjado.
É a aurora, ou o crepúsculo em flor,
Onde Noite e Dia se tocam em cor.

Ali se dizem, num brilho sutil:
"Mesmo distantes, somos um só fio.
Na dança do tempo, no passo da vida,
Somos luz e sombra, alma dividida."

POEMA CORAÇÃO CIGANO

IZA MARINS

Meu coração é cigano, livre a vagar,
Sem rumo, sem destino, sempre a sonhar.
Ele dança com o vento, em campos sem fim,
Na busca incessante de algo além de mim.

Canta canções antigas, de terras distantes,
De amores perdidos, de momentos marcantes.
É viajante sem mapa, sem rota definida,
Seguindo o impulso, em busca da vida.

Coração Cigano, que não conhece prisão,
É livre na dor, é livre na canção.
Em cada parada, um novo amor floresce,
E em cada adeus, um pedaço desaparece.

Ele é fogo e tempestade, é calma e fervor,
É louco, é encantado, mas sempre com ardor.
Não se apega ao passado, não teme o futuro,
Segue a estrada com a alma, puro e seguro.

Coração Cigano, que não sabe ficar,
É livre na estrada, é livre no amar.
E enquanto viver, será sempre errante,
Mas em sua busca, encontrará o instante.

Aonde quer que vá, a liberdade será sua,
E em cada novo amanhecer, renascerá em doçura.
Coração Cigano, sem destino ou razão,
É um espírito livre, guiado pela paixão.

POEMA DA TRAIÇÃO

IZA MARINS

Entraste em minha vida com mãos de ternura,
Prometeste amor, juraste doçura.
Mas por trás do sorriso, havia veneno,
E o que era tão puro virou algo pequeno.

Teu beijo, que antes queimava de amor,
Agora é lembrança vestida de dor.
Teus olhos, espelhos que eu tanto adorei,
Refletiam segredos que eu nunca sonhei.

A Traição é faça que corta sem som,
É queda no escuro, sem chão, sem tom.
É confiar com o peito, e perder a razão,
É amar demais... E receber Traição.

Não foi só o corpo que foste entregar,
Foi a alma, os planos, o nosso lugar.
E eu fiquei só, com o gosto amargo,
De quem deu o mundo... E recebeu o vago.

Mas aprendi: até a dor ensina,
Mesmo que arraste, mesmo que arruína.
Te perdoo, não por ti, mas por mim,
Pois mereço recomeços – e um amor sem fim.

POESIA DESCONECTADA

JOÃO BOSCO MARQUES DA CUNHA

A poesia em silêncio
Diante das atrocidades
De um mundo perdido

A poesia em catarse
Diante do futuro sombrio
Das crianças mortas

Diante dos absurdos
A poesia não se conecta

O EQUILÍBRIO DOS OPOSTOS II

JOSAFAH ALMEIDA

Estamos no mesmo barco,
Mas não fiquemos do mesmo lado.

Não atentais a isto, tolos,
que a estabilidade do barco
depende dos dois lados,
um em contrapeso ao outro?

Se todos ficarem em um só lado,
qual será o destino do barco?

Chegará a algum porto
ou irá ao fundo do mar?

Estamos no mesmo barco,
Mas não fiquemos do mesmo lado.

O oposto é salutar.

UM SONHO DE VERÃO

JOTA CRUZ

Em uma noite de verão
Eu te conheci
Eram férias de verão
Uma das poucas que vivi

Toda a minha vida procurei
Eu me perguntei nesta solidão
Por que antes não te conhecia?
Foi assim no ontem, no amanhã

É para ser só para mim
Existe apenas um então
À beira da praia na areia
Eu quero segurar a tua mão...

Apenas riu e ficou comigo
Em uma noite de verão
Na madrugada que vem surgindo
Eu nunca ficarei na solidão

A vida tem sido tão boa para mim
Porque nos conhecemos muito mais
Seremos felizes assim
Com o sol brilhando no Abais!

SOL E MAR, ALMAS A NAVEGAR

JULES

Com a onda que balança,
Com o vento que assopra,
Ele se põe a navegar.
Vá em frente, garoto ao mar!

Com o límpido céu,
Com a estrela que ilumina,
Ela se põe a sonhar.
Vá em frente, garota solar!

Ele é instável, como um mar turbulento,
Mas sempre está calmo na luz do sol.
Ela é impaciente, como um sol que queima,
Mas relaxa ao entrar no mar.

Menino, menina,
Namorado, namorada?
O que seria do oceano
Sem sua luz guia?

Sol e mar, almas a navegar.
Indo sempre unidos
Sem ninguém lhes difamar.
Os dois contra o mundo estarão se precisar.

VERSOS SOLTOS, PERDIDOS...

KÁTIA CAIRO

Ao mirar-me no espelho do outro
Deleto por inteiro a minha imagem
Não há passado, presente... futuro,
Nem encontros, encantos e ilusões

Vidas alegres que seguem adiante
A distância vivo eu a tentar persistir
em busca do espelho que desvelará
ileso o meu reflexo, o brilho no olhar!

Versos soltos, perdidos... e a vida?...
o desejo de ser quem eu sou... esta
ânsia eterna de vir ao meu encontro

Vou seguir por minha conta e risco
passo a passo, a despeito de tudo!
Não há quem por mim se aventure!

CONEXÕES

KÉLLYDA ANTONIA CASEMIRO

É interessante pensar que as redes sociais
apresentam-nos um universo de possibilidades para nos conectar.
Ao mesmo tempo em que nos distraem
e hipnotizam com tantas informações ou vídeos engraçados,
que muitas vezes não nos acrescentam nenhum dado,
apenas nos fazem afastar
das pessoas que realmente importam e que estão ao nosso lado.
Assim, precisamos refletir sobre como estamos vivendo
e não devemos tratar os outros com descaso.
Já aconteceu de você
pedir uma informação e a atendente que está ali para isso,
sem ao menos te olhar, responder sem explicar e continuar no serviço?
É o serviço no celular que ela considera mais importante
do que parar, olhar e responder adequadamente.
Claro que as redes sociais não são o problema;
o problema é não saber navegar com um bom sistema.
Você deve estabelecer um tempo para navegar,
conectar-se através das tecnologias,
e outro para ver, interagir com as pessoas reais, sem demagogia.
Ler, escrever, apreciar a chuva e a ventania;
vá viver com harmonia e alegria.

TEU NOME ME SALVOU EM SILÊNCIO

LEANDRO BARBOSA

Quando o mundo pesou mais que o corpo
e a vida feriu onde a palavra não alcançava,
tu estavas lá.
não como quem chega para consertar,
mas como quem fica,
como quem vê o abismo
e, ainda assim, estende a mão.
não me perguntaste nada,
mas teu nome —
tão leve e tão teu —
se fez presença nos espaços vazios.
e, ao lembrar de ti,
lembrei também de mim:
de que eu ainda existia
e de que havia mundo depois da dor.
teu nome me salvou em silêncio —
como uma oração feita em pensamento,
como um abraço que não precisa ser ensaiado,
como um amor que não precisa se provar.

O AMOR ESCORRE

LUANA DALMOLIN

Você chega, me enlaça pela cintura,
me vira de costas e ali mesmo me ama,
tipo bicho sobre um tapete de folhas.
Por alguns minutos temos todo o tempo do mundo.
Somos livres e guiados somente pelo desejo,
que faz arder nossos corpos.
Ali só existem eu e você
em nosso esconderijo invisível,
onde somos um para o outro,
e nada mais importa.
Em uma explosão de gozo,
somos um só corpo, uma só alma,
um só amor que extravasa por nossos poros.
Me preencho de você, do seu gosto agridoce.
Repouso nos seus braços,
onde cabe o maior amor do mundo.

REFLEXÕES URUGUAIAS

LUCAS LOPES

I

Certa vez visitei a casa de Francisco Piria,
pra lá de Punta del Este e de Montevideo
em Colonia del Sacramento.
A Ju brigou por eu ter desviado tanto
o caminho
Mas eu ainda lembro do sol e do mar
calmo e das ruas e dos bancos
daquele sol uruguaio
em que eu precisava tomar goles
pela manhã
e enrolava meus cigarros de tabaco
para não admitir o fim iminente.

II

O culpado
Deus e o diabo
Quem é ocupado?

III

Um grito silencioso
ecoa no barulho dos novos tempos
ninguém, ninguém escuta
e segue nas ondas sem
frequência
procurando o calor de algum peito
em que se faça ouvido.

SOLIDÃO

LÚCIA NASSER

Solidão... acontece, não sabemos
Onde pode estar, nem porque
Num copo na mesa de bar
Num banco de jardim
Ou perdida na multidão
Pode estar esquecida
No fundo de uma gaveta
Ou na flor murcha e seca
Entre as páginas de um livro
Pode vir no som de suave melodia
Ou no leve esvoaçar da borboleta
Pode ser traduzida
Em lágrima reprimida
Em palavra sufocada
Em noite mal dormida
Quem sabe, em riso que disfarça
A angústia de um momento
Um doentio pensamento
De fuga, de loucura
De explicar o inexplicável
É apenas SOLIDÃO!

VERSOS SERTANEJOS

LUCIANA DANTAS

Existe um poema que dorme,
Que delicadamente mergulha entre sonos e sonhos no aconchego do balanço da respiração de tua saia
Tem um poema lunário que em cigania habita os céus de nossas bocas em beijo terno
Uma bailarina poesia que dança entre salivas e versos impronunciados...

Existe um poema-retrato que eu nunca tirei e, nem saberia como... tu bem sabes... mas que vive emoldurado na luz de nossos olhares sertanejos

Há na gente um tilintar latente de um verso feito de vento em compasso d'água, um perfume de vida rara e encontro de uma jornada...

GUERRA ÍNTIMA

LUCIANO LUGORI

Confusão com tudo
contudo, fusão
colisão e coalizão
tantas, com tantos
contanto que haja paz
faz apelo, cala, consente
sente na pele que revela
vela a solidão, dor já sólida
só lida, na verdade, só atura,
se-cura, fere e nada profere
prefere, mudo, a guerra surda
absurda de silêncios, íntima
ínfima e extrema, eterno conflito
aflito, enfrenta a mente
enfrentamento em vão, parece que vence
con(vence-se), então, e perece sozinho

ANTÍTESE

LUISA NOGUEIRA

Ela é uma antítese de si própria
Ela é o próprio oposto do seu espelho
Ela é uma Yansã guerreira
Mais macho que muito homem
Ela é a própria peixeira da Maria Bonita
No entanto, é também uma Oxum chorona.
Ela é vaidosa como uma ancestral indo à luta
Ela é esse ser raivoso que briga por tudo,
Esse ser irado que a tudo questiona
Ela é aquela que não se satisfaz com um não.
Ela faz do impossível, possível.
Ela não sabe, mas é melhor que muita carola.
Ela não se dá por vencida, ela vira armários,
Bate porta, grita. (Mas também chora).
Porque é assim meio filha d'água,
embaixo dessa carapaça de Oya valente.
E nessa carapaça esconde-se um monstro!
Não mexa com ela, porque quem a protege nunca dorme.
É um olho aqui e outro na faca.
Eparrey Yansã!
Eparrey minha mãe!

ESSENTIALIS CLAVIS

LUIZA F. GASPRE

Pudera eu cair na crendice desacreditada da banalidade modista...?!
Quimérico ideal, que favorece o ignorar...
Impraticável!
Inadmissível!
Irrealizável!
Prefiro eu acantoar-me num paraíso astral...
Daqueles considerados desanuviados...
Associados aos bobos infantis...
Aaaah, é ali que faço meu elixir, meu lar!
Nas flores a desabrochar...
E folhas molhadas da chuva continuada...
No pé descalço na água pluvial veraneia...
No coaxar feliz nos banhados vizinhos...
Dá-me um jardim!
Que em desvario, inebrio de vida!
Deus/deusa faz-se real assim...
No vivo que vive doando o sumo da própria essência.
É na subsistência que a paz existencial reside...
Pois em suma, só se leva do viver o sentido...
E o restante é emprestado provisoriamente.

MÃE LUA

MAJU SANTOS

Ela era sábia – e não sabia.
Sentia-se rasa, como a água da praia,
sem notar que as pequenas ondas,
com mais areia do que mar,
eram apenas o convite
para a imensidão de histórias
que era capaz de contar.

Ela não compreendia tudo,
mas sentia o mundo,
como se suas atitudes fossem puro instinto,
sussurrando para que ela dissesse a todos:
"Tudo vai dar certo."
Oferecendo colo no abissal
e a própria alma, na areia da praia.

DESPEDIDA

MARCELO KOHEK

som vaza suave
janelas mal fechadas
escondem fachadas
do passado de luz

azul derrete
forjando céu-asfalto
sem certeza, só beleza
cristalizada na redoma

acordes acordam os desavisados
o tempo parece parado

nos engole
com a mesma boca-de-lobo
que uiva em silêncio
nas manhãs mortas de verão

IX.

MARCELO KOHEK

Levantei a mão
Agarrei raízes
Escondidas nos algodões
Que molhamos na escola

Olho pra baixo
Suspeito que aquele buraco
Atravessa
os dois hemisférios
que guardam o tempo

Jamais saberei
Onde o encontro se dará

Se onde a mata escorre

Ou lá na fenda
onde a vela não se apaga

Quem quer pisar
Em areia movediça?

PÁLPEBRAPULA

MARCELO KOHEK

olho nervoso
reflete
reage
respinga

gotas da mente
inquieta

emulsionada
com fluidos viscerais
de uma manhã
que acaba de nascer

RAMOS

MARCELO KOHEK

fachada podre
guarda memória
da vida que brotava

ramos
emolduram
aquela realidade
turva

secos
retorcem
as sinapses
que já se esqueceram
para que servem

ela pula sem olhar

até cair
dentro
de seu próprio

p
o
ç
o

PRECISO PARTIR

MARCELO CALDERARI MIGUEL

Passo sem rumo,
a mudança não dança,
tudo desanda.

Na cidade fria,
muros cegos, cerrados,
portas trancadas.

Outros sorriem,
mas ruas rasgam rostos –
quem parte, quem fica?

Na mais fria,
ruas que não abraçam,
eco de mim.

Invejo raízes,
mas só quem foi arrancado
sabe o que é chão.

POESIA

MARIA LIMA

Aqui, cada momento meu possui uma poesia
Entre, fique à vontade
Seja bem-vinda em minha vida
Não repare na desordem, mas...

Aqui dentro, tudo é lembrança
Às vezes é pura nostalgia, outras, melancolia
Talvez sejam apenas poesias quase esquecidas

Você é livre para ir ou ficar
Se ficar, puxe a cadeira e vamos conversar
Caso se vá, me permita antes lhe falar

Eu quero com você algo de bom compartilhar
Vamos com a vida gargalhar e
Um bom vinho tomar

Mas não quero que fique por ficar
Se ficar é porque ao meu lado deseja estar
Se for, pode ser que seja a minha desordem
que te faça recuar.

Você é livre para ir ou ficar...

REFLEXÃO

MARIA DA GRAÇA COSTA E COSTA

Sinto medo
Reflito!
O tempo
Ah! O tempo
Passa
No espelho vejo
Marcas do passado
O coração não sente
O cérebro não acompanha
Sigo...
Se consigo
Não sei
Faço
Sou menina
Assim penso
O tempo nega
Insisto!

VIDA DA GENTE

MARIA LUZIA DIAS GODINHO

O outono vem, e, de mansinho,
Joga folhas pelo chão...
E o frio, devagarinho,
Traz à terra a viração.

A primavera que passa
Enche de flores a vida...
O verão que nos abraça,
Deixa a alma aquecida...

Mas, o outono, trazendo
Vento e frutos de montão,
Brinca de deixar morrendo
Árvores sem compaixão...

Depois, o inverno vem
E traz frio congelante...
Sol mesmo, quase não tem
Nenhum calor relevante...

Assim é a vida da gente,
Mudando a cada instante;
O jeito é deixar semente
Enquanto seguimos avante...

Mas, na certa, a semente
Precisa ser de amor;
Pois só ele, obviamente,
Tira do mundo a dor...

PONTO DE VISTA

MARINA MARINO

Olho de perto:
vejo mentiras disfarçadas de carinho
chantagens atreladas ao medo
manipulações envolvidas em carícias
críticas destruidoras da autoestima.

Olho de longe:
a dor já não grita, sussurra
a distância acalma as feridas
o tempo silencia o pranto
a memória lembra o que não vivi.

Entre projeções e vazios,
caminho sobre as cinzas
tentando não me queimar de novo.
Quero entender,
mas tudo foi feito para confundir.
Quero esquecer,
mas o eco ainda mora em meus ouvidos.

De perto, sinto a dor.
De longe, revivo a ilusão.
Entre os dois pontos de vista,
escolho olhar para mim.

ESQUECI DE MIM

MARLENE GODOY

Esqueci de mim!
E agi assim,
Com pouco caso,
Sem dar importância às minhas prioridades
Porque, na verdade,
Fui criada para servir.
Ser mulher, mãe, dona de casa, profissional.
Mas, afinal! Quem sou eu?
Diante de tantos papéis difusos!
Onde está a minha essência?
Que na diferença e nas cobranças,
Se faz confuso?
Aceitando migalhas de atenção.
Hoje lembrei,
Que agindo assim
Me dando pouca importância,
A irrelevância do coibir,
Mata a alma aos poucos.
E sem me dar conta,
Me torno uma sombra,
Que alimenta
O sol dos alienados.

AUSÊNCIA

MIRIAN MASCARELLO

Já pensou por um instante na possível ausência de alguém?
Se o seu melhor amigo não mandasse mensagem logo cedo?
Se o seu filho não te chamasse o dia inteiro?
E se, ao acordar, um lado da cama estivesse vazio?
Se ao sentar-se na mesa sobrasse uma cadeira, causa arrepio!

Não pensamos nessas coisas, não paramos para refletir
O que aconteceria se alguém que amamos deixasse de existir?
Depois que somos obrigados a dar adeus a quem amamos
Tudo muda e a gente convive com o caos dilacerado
É como se um pedaço da alma fosse arrancado
A dor atravessa o peito e nada mais se ajeita

É preciso refletir um pouco naquela hora de impaciência
Um grito, a fala sem pensar, a atitude errada
O bolo que não foi feito, aquele abraço apressado
Um exercício de entendimento, para dar tempo de viver melhor

Por um instante, com os olhos fechados, antes de dormir
Um filme passou na minha cabeça,
De como é viver nessa impermanência
Escrevi esse poema e, em lágrimas,
Recordei o que fiz e o que não fiz neste dia
Levantei e disse "Deus abençoe" para cada um que dormia
Lembrei de todos que amo e cada vida que vai e vem
Porque não quero mais pensar como seria
Viver com a ausência de alguém!

SALVE AOS POETAS!

MONICA SABINO

Salve àqueles que veem
Com olhos entrelaçados,
E sentem a vibração, sem o véu da ilusão.

São eles os arquitetos do tempo!
Não por tentarem mostrar que
Cada instante pode ser precioso...

Mas por servirem com genuinamente,
O que a maioria acha banalidade.

São eles os engenheiros do cotidiano, construindo pontes, de "verdades".
Nos corações humanos!
Edificando almas em reparos!

E através das palavras consistentes...
Que servem para ampliar o consciente daqueles que permanecem de olhos fechados.

PINGOS DE CHUVA

PAULO HENRIQUE GODESO

Em mim ela respinga e também chora.
Derrama-se no rosto do portão.
Espalha-se no verde da emoção
e também na esperança que demora.

Entre as gotas da chuva não me molho.
Há espaço para a livre permanência
das lágrimas que correm nos meus olhos.
Eis a pura alegria da evidência

chorosa dessa chuva que fascina.
Esses rios de pingos que se juntam
formando uma corrente na piscina

do meu ser, que borbulha e que se afunda.
Fico à deriva desse misterioso
fenômeno divino e majestoso.

ERA UMA VEZ UMA RUA NUA...

PAULO DI SOUSA

Capítulo 1 de 2

Era uma vez uma rua/ Solteira, bela, serena.../
Conquistava a todos/ Que nela transitavam/
Diziam sentir nostalgia/ Simpatia e atração por ela/
A cada passo que davam/
Mas ela sentia-se nua!/
Aquela rua esperava/ Louca e apaixonadamente/
O sonhado pretendente/ O futuro esposo asfalto/
Que nunca chegava...

Capítulo 2 Final

O esposo daquela rua/ Finalmente apareceu!/
Conquistou admiração/ Por sua beleza e sedução!/
Deu-lhe o que mais queria:/ Um abraço caloroso/
E a proteção que merecia./
Agora sentia-se vestida!/
Casou de véu e grinalda!/ A rua que antes via-se nua/
Hoje, bem casada,/ Ganhou até sobrenome:/
Nome de Rua Asfaltada!

SEU ENCANTO

PEDRO AUGUSTO LOPES

Ó bela moça que ainda me encanta,
Que insiste em adoçar meu amargo ser.
Tenho fé que ainda me ama,
Do seu amor não tardarei em beber.

Lembre-se de mim, meu amor, vou implorar.
Suas fotos nunca saíram da minha estante,
Jamais deixarei de te adorar.

Perdão, eu suplico, por ser desleixado contigo,
Até que venha o fim da minha vida,
Teus abraços estarão comigo.

Nunca vou esquecer-me do gosto doce dos seus beijos,
Também não me esquecerei dos seus arrependimentos,
Suas palavras levarei comigo, você confiou assim
Pois você as calou fundo em mim.

Que venha a morte! Me leve primeiro,
Só não tire o meu amor de mim.

ISSO É SÓ UM TESTE (OU SERÁ POESIA?)

PEDRO MARTINS

Calma, não se emocione, nem tire conclusões,
Eu sou só o copywriter testando inscrições.
Me inscrevi pra ver como isso aqui opera,
Se o fluxo funciona ou se fico na espera.

Mas já que estou aqui, espere, vou brincar,
Testar é a arte de vir experimentar.
A vida também nos joga riscos sem manual,
A gente escreve a vida sem saber qual o final.

Testamos amores, caminhos e certezas,
Descobrimos verdades com os testes de franquezas.
Eu sei, o medo do erro nos faz hesitar,
Mas sem se arriscar, como se pode criar?

Então, se esse teste virar um poema,
Talvez haja rima até no dilema.
E se nada disso fizer sentido,
Pelo menos agora o fluxo tá lido.

SEM TÍTULO

REGINALDO BITTENCOURT

Um dia, os brinquedos se puseram todos a cantar
E juntos descreveram uma linha que era como um bailado no ar
O patinho feio era feliz, apesar do aleijão
E o boneco de corda – sempre largado, louco, pelo chão
O palhacinho veio com o pistão e fez sua graça
E o cavalinho relinchou – só de pirraça
A viver como se a vida nada fosse além de pura diversão
Mas a realidade era outra, e logo fez soar seu diapasão
Um dia choveu tanto, choveu muito, choveu tudo e, depois, nada
Livrando-se de rebentos abortados na madrugada
E a bela bailarina, por tantos olhos desejada,
Quedou-se a um canto, só, triste e amuada
Seu alvo corpo, que já merecera melhor sorte,
Andava por aí, andrajoso, fedendo a Morte
Seus cabelos caíram-lhe todos; prantearam-na seus iguais
Cada qual seguiu seu destino, e foi isso – isso e nada mais...

AS CONEXÕES PELA LIBERDADE

RICARDO RIGOPE

A busca consciente por novas conexões transformadoras
começa quando as vozes, que permaneciam silenciadas,
potencializam os seus aprendizados a respeito
do cotidiano febril e das constantes mazelas sociais.

O caos é observado com mentes abertas e capazes
de questionar os inúmeros absurdos que devoram
as formas mais simples de vida.

Assim, unidos por uma única força, passos são criados
com suor, capacidade criativa e transgressão, em que
a esperança ferve nas veias daqueles que não somente
estão por aí, mas existem, pois apodrecem as correntes.

E essa liberdade forma a travessia necessária
para todos aqueles que já estiveram sob as camadas
da insensatez e insegurança deformadoras.

Eis que a poesia traz as conexões pela liberdade,
e os cantos, que antes eram empoeirados, livram-se
do cinza da solidão. A estrada vai ganhando forma,
enquanto novos destinos vão surgindo pela imensidão.

ESPERANÇA

ROBERTA FERREIRA

Esperança é uma palavra
permeada de amor.
Mas que carrega consigo
os fragmentos da dor.

Todo aquele que espera
é inquieto em seu ser.
Vive as angústias de um futuro
que o presente não deveria ter.

O futuro...
é como uma caixa mágica
que só pode ser aberta
na hora certa.

Quando não mais será futuro,
mas presente.
E aquilo que era presente
estará ausente.

MARIA MILZA

ROBERTO CARLOS NERI DO CARMO

Maria Milza, fostes embora
Levada em glória à pátria da luz
Hoje vive em glória ao lado de Maria e Jesus.
Quem não se lembra de ti com saudades
Do teu semblante amoroso e fiel
Da gloriosa mãezinha do céu
No povoado de Alagoa
Um brado vivo de fé ecoa
Maria Milza foi semente boa
Hoje do céu ela nos abençoa
Ela intercede e ora por nós
Mãezinha do céu se une à sua voz
São quatro olhos que brilham para nós
Não nos deixando ao vento, ao léu
Dois são os olhos de Madre Milza
Os outros dois, os de mãezinhas do céu
Maria Milza foi para a glória
Como uma chama seu nome ficou
Gravado para sempre em nossa memória
Pois sua história é de fé e amor
Amor traduzido em mãezinha do céu
Amor traduzido em legado de luz
Amo tão excelso e tão semeado
Tão alicerçado na glória de Jesus

PARTE DE MIM

ROSA HELENA VIGNALE ROLIM

É amor... Indomável sentimento
Que me prende em pensamentos
E que em profundo silêncio
Faz lembrar cada momento

É amor... Que não cala
E que ao peito me fala
Não é de corpo... É de alma...
Me inspira e me acalma

É amor... Que vai além da vida
Não perece com o tempo
Não procura a despedida

É amor... Que o destino não uniu
Mas segue seu caminho
Como a chuva segue o rio

É amor... Que me invade
De infinita saudade
E te faz personagem
Do meu sonho na realidade

É amor... Inexplicável enfim...
Que sobrevive na distância
Ignora as circunstâncias
E te faz parte de mim

ENCANTAMENTO

ROSE DI SELAS

Faze-me acordar
Faze-me despertar
Desse encantamento...
Faze-me enxergar claramente
Escutar os ventos
Que é um amor irreal
Por mais real que pareça!
Faz com que
Jamais te esqueça
'Inda que eternamente
Adormeça...
Faz com que
Esse amor
Me aqueça tanto
Que a tu'alma
Enterneça
Que esta chama jamais
Feneça...
'Inda que o meu corpo
PEREÇA!

ENLEVOS

ROSE DI SELAS

Reflexos de Luz
Reflexos do luar
Sabor do saber
Nuances do amanhecer!
Matizes suaves
De ternura
E contida paixão...
Doces primaveras
Felizes primaveras
Verões cálidos
Quentes, ardentes
Emoção crescente
Amanhecer perene
Fonte de enlevo!
És tudo isso
E ainda mais:
Todo o meu
DESEJO!

ESCURIDÃO

ROSE DI SELAS

Tens
A força dos ventos
Soprando forte
A trazer-me o som
Longínquo
E límpido...
Das noites uivantes!
Tens a paz
O brilho do sol
Abrindo clareiras
Passagens...
Deixando o clarão
Na escuridão
Dos escombros
Que sobraram
Da minha
EMOÇÃO!

FULGOR

ROSE DI SELAS

És belo
Transparente e puro
Como os melhores cristais
TCHECOS!
Maravilhoso esplendor
Raios de Luz...
Brilhantes halos
Radiantes claros
Esplendorosos raios!
Luz
Delírios azuis
Arco-íris que seduz
Alma em festa
Toda bela!
Perfumada estrela
Quão brilhantes és
Semelhas
Fulgurante sol
O brilho
Fulgurante estrela
Fulgurante e bela estrela...
Fulgurante
BELA!

LEGADO

SAMARA RODRIGUEZ

Quando o pó dos meus ossos
Deixar de existir
Estarei aqui em minhas palavras.

Elas me visitam em sonhos
Como um prelúdio
Antes de eu as deixar em um papel.

Como elas, vi o mundo em mil mundos
E que a palavra seja dita
Minha alma está codificada na escrita.

SÓ ACEITA SEROTONINA COMO FORMA DE PAGAMENTO?

SAMARAH MOURA VALLARI

Você roubou meu sonho ou fui eu que te entreguei?
Teria uma resposta se eu pensasse e não me endividasse.

Me endivido de lógica, estabilidade e pouca idade.
Devo comprar meu sonho de volta?
Os juros aumentam.
A carteira me diz que esse produto já pouco importa.

Desejo desejar, desejo não desejar.
Imploro para não pensar.

Sonho ou sonhos? Me contaram que existem mais de um!
Talvez eu me encontre em algum lugar
Ou talvez eu os encontre a caminhar.

Penso, penso e penso, mesmo quando penso não pensar...
Sonhos não se encontram! Sonhos se compram!

A compra da felicidade existe e, infelizmente,
Minha carteira não tem notas de serotonina,
Nem moedas de sorriso de menina.

Apesar da transformação e da empolgação,
Sinto falta de desejar desejos,
De sonhar acordada,
E gritar por nada.

ABERTO

SILVIA LALLI

O que professar quando não há coragem?
O que confessar quando há medo?
Recusa?
Abandono?
Indecisão?
Sim, talvez, não.

Nunca soube o que dirias a mim, porque nunca foi dada a ti a opção para que escutasses as batidas do meu coração.

Agora o tempo dissolve os meus receios,
E com ele escrevo,
Eternizo as flores secas que jazem em meu peito.

A ti,
Todo amor,
Ou ilusão,
Ou fantasia,
Que senti.

Outrora,
No presente,
Ainda latente,
Meus versos
Professam
O meu amor secreto.

Meu peito aberto

OS QUE ME HABITAM

SILVIO SANTANA

Não sei quem sou quando acordo,
Qual de mim toma o café da manhã?
Quem sai para o trabalho é o mesmo
Que retorna do trabalho à tarde?
Quantos se colocaram nesse ínterim?
Quando a noite chega com seu véu escuro
Quantos fantasmas meus querem se mostrar?
Melhor me cansar muito, antes de me deitar
Só assim acalmo essas gentes
E sozinho posso sonhar

A ALMA

SIMONE NETTO

Ela aqui chega,
Começa a dançar,
Carrega histórias, dores e risos,
Sempre a saltitar.

Assim seguindo uma busca,
Da verdade que nos faz viver,
A alma é a luz que nunca ofusca,
Um eterno ciclo a renascer.

E tal qual a coruja,
A alma se projeta,
Em voo silencioso,
Simples e direta.

Assim, descobre o dom,
Em meio a toda existência,
Nasceu para amar,
E encarar a vida com resiliência.

SUSSURRO DA FLORESTA

SOCORRO DE MARIA CARDOSO

No coração da mata adormecida,
onde a lua borda a terra com luz prateada,
dançam fadas em brisa florida,
tecendo sonhos na relva orvalhada.

As árvores sussurram segredos antigos,
guardados nos troncos de tempo e vento,
e as raízes, como laços amigos,
abraçam o chão em doce alento.

Um rio de cristal desliza e canta,
espelho do céu, azul reluzente,
e as pedras, vivas, em voz encantada,
contam histórias à água corrente.

As borboletas são pincéis do vento,
colorindo o ar com tons de luar,
e um velho carvalho, de ramos ao tempo,
faz versos que as aves vêm declamar.

Sob um sol dourado, brilham mil cores,
entre o real e o sonho a natureza se enlaça,
pois quem ouve o sussurro das flores
descobre que a magia nunca passa.

AFETOS EMOLDURADOS

TOBIAS PINHEIRO DE MATOS

Molduras rígidas,
fortaleza de imagens,
de momentos,
afetos,
paisagens.
Assusto-me quando percebo,
fito meus olhos nesta cena,
toda inflexível rigidez,
tornando-se portões,
portões por onde se revelam,
revelam-se lembranças,
revelam-se sensações.
Percebo-me comovido
Percebo-me lá,
envolvido por olhares,
olhares estáticos,
doces sorrisos carismáticos.
Portões que sugerem convite
Convidam-me a entrar
Encorajo-me.
Todavia, não!
Portões que sugerem convite,
Mas me impedem de àquelas vivências regressar.

TÃO POUCO É PRECISO PARA SOBREVIVER

VALMIR MACEDO

Terra seca, terra morta
Terra pra comer, terra pra morrer
Ninguém aqui é seu dono
Tão pouco é preciso para sobreviver
Água que o Céu não manda
Mas que o chão tem muito pra dar
Trabalhador humilde pedindo a Deus pro amanhã chegar
Mas não sabe se vai chegar
O dia amanhece e o sofrimento permanece
Saio do sertão, a cuia na mão, rezando um montão
O solo rachado e o gado deitado
Tristeza invade meu coração
E eu quero a chuva pra tirar essa solidão
Nas eleições estão todos aqui, depois pra que vão sorrir?
Salários altos, ternos bem passados
O banquete é farto e quem está ao seu lado?
Desemprego, fome, seca e miséria, não se lembram mais
Não, não lembram mais
O seu olhar já foi esquecido
Até mesmo aquilo que lhe foi dito
Mas é desta terra que vou colher
O pranto castigado
E o que é preciso para sobreviver

DECEPÇÕES

VERENA VIDA

Na vida, passamos por decepções
Decepções que nos fortalecem
Decepções que nos ensinam
Que nos fazem aprender a viver

Muitas vezes, somos enganadas
Outras vezes, nos enganamos
O importante é não permanecer
E não se deixar levar pelo engano

Nós criamos expectativas
Fazemos planos e projetos
De repente, as decepções vêm
E tudo se vai com elas

Há males que vêm para o bem
Sigamos com a certeza de que
Sempre vamos nos decepcionar
Não importa quando e com quem

Tem decepções que são necessárias
Nos fazem despertar e amadurecer
Tudo tem um motivo para ser ou não ser
Que as decepções façam-nos
Crescer e vencer.

RASGA-MORTALHA: O PRESSÁGIO DA MORTE

VICTOR MANUEL C. S.

No pináculo da noite, o cantar da obscuridade
Que ecoa no telhado, bem perto das onze,
É o presságio da morte: o grito de má sorte
Antecipando a desgraça, escuta-se ao longe.

O corpo responde ao gorjeio, é a ansiedade,
Sem o que fazer, só resta esperar a calamidade
Que será anunciada no carro de som da cidade,
Expressando tristeza, compaixão e solidariedade.

Vítima do mundo mau ou da natureza inclemente,
Não importa: todos estarão debaixo do sol ardente
Prestando condolências, inconformados de repente.

Defronte do caixão, olhando a face branca como neve,
Não restavam dúvidas do obreiro daquela barbaridade,
Não foi o homem, mas a rasga-mortalha sem piedade.

COLIBRI

VINICIUS VILIAN

Que me adianta?
Contar ao beija-flor que sua amada
não passa de uma impostora?
Se, entre tantos aromas autênticos,
seu coração dispara –
por quem lhe adoça a boca.

CONFIDENTE

VINICIUS VILIAN

De todos os ouvidos
que minha voz permeia,
os únicos que me escutam
são as orelhas do caderno.

IDEM

VINICIUS VILIAN

As unhas me roem.
O coração me aperta.
Tolice... Se fui — e não fores —
quem disse que era?

Do que seriam os artistas
sem a loucura?
Do que seriam as dores
sem um poeta?
Quem suportaria o peso
Que carregam o papel e a caneta?